Vente les 26 et 27 Avril 1866

TABLEAUX ANCIENS

DES DIVERSES ÉCOLES

EXPOSITION PUBLIQUE

Mercredi 25 Avril 1866, de 1 h. à 5 h.

Mᵉ Ch. PILLET, Commissaire-Priseur

M. DHIOS, Expert

PARIS. IMPRIMERIE DE PILLET FILS AINÉ
5 RUE DES GRANDS-AUGUSTINS.

CATALOGUE

DE

TABLEAUX ANCIENS

DES DIVERSES ÉCOLES

Composant la Collection de M. R. Z...

DONT LA VENTE AURA LIEU

HOTEL DROUOT, SALLE N° 1

Les Jeudi 26 et Vendredi 27 Avril 1866

A DEUX HEURES PRÉCISES

¡Par le ministère de Me **CHARLES PILLET**, Commissaire-Priseur,
rue de Choiseul, 11,

Assistés de M. **DHIOS**, Expert, rue Le Peletier, 33.

EXPOSITION PUBLIQUE

Le Mercredi 25 Avril, de une heure à cinq.

CONDITIONS DE LA VENTE

Elle sera faite au comptant.

Les adjudicataires payeront cinq pour cent en sus des enchères.

L'exposition mettant le public à même de se rendre compte de l'état des objets, il ne sera admis aucune réclamation une fois l'adjudication prononcée.

Paris. Impr. de Pillet fils aîné, rue des Grands-Augustins,

DESIGNATION

Van BALEN, Van KESSEL et BREUGHEL

1 — Le Repos de Diane après une chasse.

BAPTISTE

2 — Vase de fleurs.

BASSAN

3 — La Vendange.

BAROCHE

4 — La Vierge aux cerises.

BEAUBRUN (Attribué à)

5 — Marie-Thérèse.

RIBIANI

6 — La Multiplication des pains.

BOUCHER (École de)

7 — Nymphe surprise par un Satyre.

8 — Pastorale.

BOILLY (L.)

9 — La Jeunesse, l'Amour et la Folie.

Charmante scène d'intérieur.

10 — Scènes familières.

Deux pendants ovales.

BOL (Ferdinand). Signé et daté 1661.

11 — Céphale et Procris.

BONNIEU

12 — Allégorie de la Révolution française.

BLOEMEN (Van)

13 — La famille de Noé.

BLOEMART

14 — Sujet allégorique.

BOURDON (Sébastien)

15 — Repos de la Sainte Famille.

BRIL (Paul)

16 — L'Ermite en prière.

CARRACHE (École de)

17 — Décollation de saint Jean-Baptiste.

CARAVAGE (École de)

18 — Le Christ au roseau.

19 — Tête de vieillard.

20 — Martyre.

21 — Madeleine.

CHAMPAIGNE (Attribué à PHILIPPE DE)

22 — Portrait de Claude Perrault.

CHAMPAIGNE (D'après PHILIPPE DE)

23 — Les sœurs Arnauld.

CORTONE (Pierre de)

24 — Moïse sauvé des eaux.

25 — Épisode de l'histoire ancienne.

CORRÈGE (École de)

26 — Tête d'ange.

CORRÈGE (D'après le)

27 — Tête de Madeleine.

COYPEL (Antoine)

28 — Le Triomphe de Mardochée.

29 — L'Évanouissement d'Esther.

30 — Sujet historique.

COYPEL (Charles)

31 — Flore et Zéphire.

COYPEL (Charles)

32 — Narcisse.

CRIVELLI

33 — La Vierge et l'Enfant Jésus entourés de saints. A leurs pieds sont agenouillés les donataires.

Tableau capital et d'une belle conservation.

DELEN (Van)

34 — Extérieur de palais.

Deux tableaux faisant pendants.

DELEN (École de)

35 — Architecture et figures.

DESMOULINS (Auguste)

36 — Duguesclin recevant l'épée de connétable.

Ce tableau, qui a figuré à l'exposition de 1827, sous le n° 1456, est signé et daté 1827.

DEVÉRIA

37 — Épisode du règne de Louis XIV

Esquisse.

DROUAIS (Genre de)

38 — Portrait de femme tenant des fleurs.

DUBUFE (D'après)

39 — Le Souvenir.

DUBOIS

40 — Exécution historique au xvᵉ siècle.

DUPLESSIS

41 — Portrait d'un financier.

DYCK (D'après Van)

42 — La Vierge et l'Enfant Jésus.

FRANCK (François)

43 — Ézéchias montrant ses richesses.

FRANCK (le Vieux)

44 — Allégorie de la Paix.

FRANCK (Floris)

45 — Un festin.

GÉRARD (le Baron)

46 — Portrait de Louis XVIII.

Très-belle esquise.

GÉRARD (Mlle)

47 — Portrait de jeune femme dans son intérieur.

GUERCHIN

48 — La reine Arthémise.

GUERCHIN

49 — La Mort de Lucrèce.

GUIDE (École du)

50 — La Naissance de la Vierge.

52 — Sujet biblique.

53 — Saint Sébastien.

54 — Allégorie mythologique.

HACKAERT

55 — Diane au bain.

JORDANO (Lucas)

56 — Bacchus et Ariane.

JORDANO (Lucas)

57 — Sujet religieux, esquisse.

58 — Vénus sur les eaux.

JORDAENS

59 — Vénus implorant Neptune.

60 — Loth et ses filles.

LAAR (Pierre de)

61 — Choc de cavalerie.

LAGRENÉE le Jeune

62 — Agar présentée à Abraham. — David jouant de la harpe devant Saül.

Deux pendants.

LAGRENÉE (École de)

63 — Vénus et l'Amour.

Deux pendants.

LEBRUN

64 — Le Christ au Mont des Oliviers.

LEBRUN (École de)

65 — Composition historique.

LEMOINE

66 — Triomphe de Neptune et d'Amphitrite.

LÉPICIÉ

67 — Danaé.

68 — L'Heureuse mère.

LEPRINCE (J.-B.)

69 — Les Joueurs de boules.

70 — Le Recruteur (scènes russes).

Deux pendants.

LESUEUR (École de)

71 — Sacrifice.

LOO (Van)

72 — Le Sommeil de Vénus.

LOO (École de Van)

73 — Portrait d'un maréchal de France.

74 — Portrait d'un jeune guerrier.

MAAS (Attribué à)

75 — Portrait d'homme représenté à l'entrée d'un parc.

MALTAIS (Chevalier)

76 — Vases d'or, aiguières et plats sur un tapis de Smyrne.

77 — Nature morte.

78 — Instruments de musique et Nature morte.

MARATTE (Carle)

79 — Apparition de la Vierge à saint Pierre.

MARATTE (École de Carle)

80 — La Résurrection.

81 — Fuite en Égypte.

MEULEN (Van der)

82 — Vue du château de Saint-Cloud.

Riche composition ornée de figures.

83 — Vue du vieux Versailles.

84 — Vue du château et du parc de Versailles

MIGNARD (École de)

85 — Portrait de Marie-Thérèse, reine de France.

MIREVELT

86 — Portrait d'homme.

MIREVELT (Genre de)

— Portrait de femme.

MONCALVO

— La Vierge et l'Enfant Jésus entourés d'anges.

MURILLO (Ecole de)

89 — Le Christ à la colonne.

NAPOLITAIN (Philippe)

90 — Vue d'un camp.

Composition capitale.
Deux tableaux faisant pendants.

NETSCHER (Ecole de)

91 — Portrait d'une dame de distinction.

NETSCHER (D'après)

92 — Portrait de femme à l'entrée d'un parc.

NETSCHER

93 — Portrait de femme tenant un chien.

NETSCHER (École de)

94 — Portrait de jeune femme, époque de Louis XIV.

OTTOVENIUS

95 — L'Éducation de l'Amour.

96 — L'Ivresse de Silène.

OUDRY

97 — Paysage, avec canards et faisans effrayés par un épervier.

PANINI (École de)

98 — Sujet d'architecture.
Deux pendants.

PANINI (Genre de)

99 — Intérieur d'un temple grec.

100 — Palais en ruine.
Étude d'architecture.

PARMESAN

101 — Hercule et Omphale.

PARMESAN (École du)

102 — Vénus et l'Amour.

103 — Sainte en prière.

PIOLLA

104 — L'Adoration des Mages.

PIAZETTA

105 — Tête de jeune garçon.

POUSSIN (École de)

106 — Sainte Famille.

PROCACCINI

107 — Saturne dévorant ses enfants.

108 — Jugement de Paris, et son pendant.

RAOUX

109 — Le Concert.

110 — Vertumne et Pomone.

REGNAULT (le Baron)

111 — Psyché et l'Amour.

RIBERA (École de)

112 — Saint Jérôme.

RICCI

113 — La Création.

Deux pendants.

RUBENS (École de)

114 — Martyre d'une sainte.

115 — Femme tenant une coupe.

SALVATOR (École de)

116 — Paysages.

Deux pendants.

117 — Sujet biblique.

118 — Paysage.

SALVATOR (École de)

119 — Suite de Paysages avec figures.

Pouvant être divisés.

SANTERRE

120 — Portrait de sainte Cécile.

SASSO-FERRATO (École de)

121 — Portrait de la Vierge.

SARRASIN

122 — Deux paysages avec figures.

Deux dessus de portes faisant pendant.

SAUVAGE

123 — Dessus de porte en grisaille.

SCHENAU

124 — La Cuisinière.

SOLIMÈNE

125 — Sujet biblique.

SOLIMÈNE (Attribué à)

126 — Esther et Assuérus.

SUBLEYRAS

127 — La Communion.

128 — Le Massacre des Machabées.

TEMPESTA

129 — Paysage avec figures et animaux, effet d'orage.

TIÉPOLO

130 — La Vierge au milieu d'une gloire d'anges.

TIÉPOLO (École de)

131 — Moïse sauvé des eaux.

TITIEN (École du)

132 — Personnage vénitien.

133 — Suzanne et les Vieillards.

TITIEN (D'après)

134 — Danaé.

THULDEN (Van)

135 — Pan et Syrinx.

WILLE

136 — Les Regrets inutiles.

ZUCCARELLI

137 — Paysage avec figures.

ZUCCARELLI

138 — Paysages.

Deux pendants.

139 — Paysage avec cours d'eau.

Deux pendants.

ECOLE ANGLAISE

140 — Portrait d'un souverain.

141 — Portrait de Charles III.

ECOLE ESPAGNOLE

142 — Madone.

143 — Saint Antoine de Padoue et l'Enfant Jésus.

144 — Le Christ et sainte Thérèse. — La Vierge apparaissant à saint Antoine de Padoue.

Deux pendants.

ÉCOLE ESPAGNOLE

145 — Scène d'intérieur.

146 — Mort de saint François.

147 — La Présentation au Temple.

ÉCOLE FLAMANDE

148 — Trompe-l'œil.

Deux tableaux faisant pendants.

149 — Suzanne et les Vieillards.

150 — Tête de femme.

151 — Vénus et Adonis, en grisaille entourée d'une guirlande
de fleurs.

152 — L'Usurier.

153 — Tableau de salle à manger.

154 — La Vierge, Jésus et sainte Anne.

ÉCOLE FRANÇAISE

155 — Médaillons en grisaille entourés de fleurs et d'oiseaux.

Deux pendants.

156 — LaRosalba.

157 — Pygmalion.

158 — Persée et Andromède.

159 — La Madeleine.

160 — Portrait d'un artiste.

161 — Portrait d'un prélat.

162 — Femme de distinction accompagnée d'un nègre.

163 — Portrait d'un auteur.

164 — Portrait de femme, époque de la régence.

165 — Deux portraits de femmes.

Formant pendants.

166 — Portraits d'homme et de femme, époque Louis XIV.

Deux pendants.

ÉCOLE FRANÇAISE

167 — Portrait de femme de l'époque Louis XIV.

168 — Personnage de distinction du temps de Louis XV.

169 — Portrait d'un commandant d'armée.

170 — Sujet mythologique

171 — Portrait d'homme, époque Louis XIV.

172 — Dame du temps de la régence.

173 — Dame du temps de la régence.

174 — Étude de femme, académie.

175 — Portrait de Talleyrand-Périgord.

176 — Portrait d'un gentilhomme.

177 — Portrait d'un général, époque de l'empire.

178 — Portrait d'artiste.

179 — Portrait d'homme, époque Louis XIV.

ECOLE FRANÇAISE

180 — Portrait de jeune femme.

181 — Scène historique.

182 — Portrait d'un gentilhomme.

183 — Ouverture des Etats généraux

184 — Portrait d'homme.

Ovale.

185 — Portrait d'un maréchal de France.

186 — Portrait d'homme.

ECOLE HOLLANDAISE

187 — Portrait d'homme du temps de Louis XIV.

188 — Halte de chasseurs.

189 — La Réprimande.

190 — La Décollation de saint Jean.

ÉCOLE HOLLANDAISE

191 — Une mère et sa fille.

192 — Portrait d'une dame de distinction.

193 — Portrait de femme.

ÉCOLE ITALIENNE

194 — Loth et ses filles.

195 — Vase de fleurs.

196 — Sainte Famille.

197 — Vase de fleurs.

198 — Vase de fleurs.

199 — Le Sacrifice d'Iphigénie.

200 — L'Enlèvement des Sabines.

201 — Une bataille.

ECOLE ITALIENNE

202 — Une bataille.
Pendant du précédent.

203 — Sujets allégoriques.
Deux tableaux faisant pendants.

204 — Le Massacre des Innocents.

205 — Sujet d'histoire romaine.
Deux pendants.

206 — Portrait d'un prince de la maison de Savoie.

207 — Déjeuner dans un parc et partie de musique.
Deux pendants.

208 — Saint Jérôme.

209 — L'Ange et Tobie.

210 — Vase de fleurs.

211 — Paysage avec laveuses.

212 — Deux sujets mythologiques.

ECOLE ITALIENNE

213 — Allégorie religieuse.

214 — Bataille.

215 — Fuite en Egypte.

216 — Sujet d'histoire romaine.

217 — La Circoncision.

218 — Portrait d'un prince de la maison de Savoie.

219 — Groupe d'enfants, allégorie.

220 — Fleurs et fruits.

Deux pendants.

221 — Fleurs et fruits.

222 — Sacrifice d'Abraham.

223 — Coriolan.

224 — Scène biblique.

ECOLE ITALIENNE

225 — Joseph et Puthiphar.

226 — Portrait de femme.

227 — Deux paysages avec figures bibliques.

228 — Saint Joseph et l'Enfant Jésus.

229 — Madeleine repentante.

230 — Quatre dessus de porte de forme octogone; fruits, gibier, poissons et fleurs.

Quatre pendants.

231 — Allégorie biblique.

231 *bis* — Sainte Famille.

232 — Ermite eu prière.

233 — Le Sacrifice d'Abraham.

234 — Agar dans le désert.

ÉCOLE ITALIENNE

235 — Allégorie religieuse.

236 — Deux paysages ovales.

237 — Tête d'homme.

238 — Portrait d'une jeune femme.

239 — Portrait d'une souveraine.

240 — Hérodiade.

241 — Portrait de femme, costume du XVIᵉ siècle.

242 — Motifs de plafond.

243 — Apparition de la Vierge au pape Jules II.

244 — Judith et Holopherne.

245 — Les quatre saisons, allégorie.

246 — Ruines.

247 — Paysage avec cascade.

ÉCOLE ITALIENNE

248 — Le Sacrifice d'Abraham.

249 — Architecture et figures.

250 — Vase de fleurs.

251 — La Femme adultère.

252 — Hérodiade.

253 — Portrait d'une reine, grandeur nature.

254 — Princesse et sa suivante.

255 — Portrait d'une souveraine.

256 — Saint Pierre.

257 — Sainte Famille.

258 — Palais d'architecture.

Deux pendants.

259 — L'incrédulité de saint Thomas.

INCONNUS

260 — Nymphes au bain.

261 — Bacchus et Ariane.

262 — Hercule terrassant Pégase.

Ovale.

263 — Sainte martyre.

264 — Jésus et la Femme adultère.

265 — Portrait d'une princesse. Riche costume.

266 — Le Massacre des Innocents.

267 — Paysage avec pont rustique.

268 — La Cène et sujet de sainteté.

Deux volets de triptyque.

269 — La Toilette de Vénus.

270 — Archimède.

INCONNUS

271 — Sainte famille.

272 — Narcisse.

273 — Sujet académique.

274 — Groupe de trois saints.

275 —. La Chaste Suzanne.

276 — Œuvres de charité.

277 — Jésus au milieu des docteurs.

278 — Vénus et Adonis.

279 — Vue d'une ville.

www.ingramcontent.com/pod-product-compliance
Ingram Content Group UK Ltd.
Pitfield, Milton Keynes, MK11 3LW, UK
UKHW031733170726
13836UKWH00002B/618